Reacción

Reacción

Lesley Choyce

Traducido por
Eva Quintana Crelis

orca soundings

ORCA BOOK PUBLISHERS

D.R. © 2010 Lesley Choyce

Derechos reservados. Prohibida la reproducción o transmisión total o parcial de esta obra por cualquier medio o método, o en cualquier forma electrónica o mecánica, incluso fotocopia o sistema para recuperar información, conocido o por conocerse, sin permiso escrito del editor.

Catalogación para publicación de la Biblioteca y Archivos de Canadá

Choyce, Lesley, 1951-
Reacción / Lesley Choyce.

(Orca soundings)
Translation of: Reaction.
Issued also in electronic format.
ISBN 978-1-4598-0308-4

I. Title. II. Series: Orca soundings
PS8555.H668R4218 2012   jC813'.54   C2012-902837-1

Publicado originalmente en los Estados Unidos, 2012
Número de control de la Biblioteca del Congreso: 2012938341

Sinopsis: Cuando Zach descubre que su novia está embarazada, entra en pánico. ¿Qué van a hacer?

Orca Book Publishers agradece el apoyo para sus programas editoriales proveído por los siguientes organismos: el Gobierno de Canadá a través de Fondo Canadiense del Libro y el Consejo Canadiense de las Artes, y la Provincia de Columbia Británica a través del Consejo de las Artes de Columbia Británica y el Crédito Fiscal para la Publicación de Libros.

Imagen de portada de Getty Images

ORCA BOOK PUBLISHERS	ORCA BOOK PUBLISHERS
PO Box 5626, Stn. B	PO Box 468
Victoria, BC Canada	Custer, WA USA
V8R 6S4	98240-0468

www.orcabook.com
Impreso y encuadernado en Canadá.

15 14 13 12 • 4 3 2 1

Capítulo uno

—Zach, estoy embarazada.

Ashley me soltó la bomba en un receso en la escuela. Recuerdo la hora exacta porque estaba parado frente al reloj del pasillo: las 11:11. Ajá. Las once y once de la mañana. Fue un martes.

Me lo dijo de golpe, mirándome a los ojos.

—Es imposible —le dije enseguida y desvié la mirada para ver de nuevo el estúpido reloj. La hora había cambiado a las 11:12.

—Es cierto —insistió. Y entonces empezó a llorar.

Le pasé el brazo por los hombros y la acerqué a mí.

—Vamos —le dije.

—¿Adónde?

—Adonde sea. Vámonos de aquí.

La conduje por el pasillo y salimos por la puerta principal al brillante sol. Al abrir la puerta de la escuela, tuve la sensación de que todo en mi vida cambiaría para siempre.

Así fue exactamente como ocurrió. Nunca olvidaré lo que sentí. Nunca antes había estado tan asustado en mi vida. Nunca. Sé que yo no era el primer chico al que su novia le decía esas palabras, pero sentí como si lo fuera. Es triste decirlo, pero en ese momento ni siquiera estaba pensando en Ashley. Estaba pensando en mí. ¿Qué iba a hacer? ¿Qué me iba a pasar? ¿Cómo afectaría esto mi vida?

Caminamos casi una hora. Ninguno de los dos habló al principio. Entonces yo empecé a racionalizar y una parte de mi cerebro intentó convencernos a los dos de que tenía que haber un error.

—¿Estás segura? —le pregunté.

—Sí.

—¿Qué tan segura?

—Muy segura.

—Tal vez cometiste un error.

—Tal vez *cometimos* un error —dijo ella.

—Digo, con la prueba. ¿Compraste una de esas pruebas en la farmacia?

—Compré tres.

—Tal vez estaban defectuosas.

—Eran de tres marcas diferentes. Todas dieron el mismo resultado.

Yo seguía buscando una forma de evitar todo esto. Estaba buscando una manera de *escapar*. Casi le pregunté si estaba segura de que era mío, de que yo era el padre. Pero no lo hice.

Porque justo entonces me acordé. Dos meses antes. Habíamos estado de fiesta. (Eso es lo que hacíamos Ashley y yo. Nos la pasábamos de fiesta y en serio.) Habíamos estado tomando y mis padres habían salido por el fin de semana. Y una cosa llevó a la otra. No pensamos en nada más.

Y sabía que se había roto el condón, pero no le dije nada. Bueno, pensé que iba a arruinar el ambiente. Y además, ¿qué probabilidades había?

Así que ahí estaba yo, a mis dieciséis años, caminando por la ciudad con mi novia de quince que me acababa de decir que estaba embarazada. Y yo seguía pensando: *Esto no me puede estar pasando a mí.*

Reacción

—Tengo miedo —dijo Ashley, acercándose más y aferrándose a mi brazo.

No le dije lo asustado que estaba yo ni tampoco lo del condón. Le dije lo que dicen los chicos en situaciones como esta, cuando la sangre del cerebro se les ha ido a los pies y están gritando por dentro, en pleno ataque de pánico, listos para salir corriendo y no regresar jamás. Le dije: "Todo va a estar bien".

Capítulo dos

La mañana se convirtió en la tarde y todo empezó a entrarme en la cabeza. Ashley tenía dos meses de embarazo. Solo hacía tres meses que andábamos juntos. Ella parecía contenta conmigo y a mí me encantaba estar con ella. Era dulce y sexy y un año menor que yo, lo que no debería ser la gran cosa, pero en la secundaria a veces un año puede parecer demasiado. Ashley se había sentido halagada de que yo quisiera pasar el rato con ella; la mayor parte del tiempo solo éramos nosotros dos. Y bueno, como ya dije, ella era dulce y sexy.

Terminamos sentados en el banco de un parque donde las mamás empujaban a sus niños pequeños en columpios y los niños más grandes jugaban en el tobogán y en los juegos de trepar. Había bebés en carriolas y mamás conversando sobre marcas de pañales desechables. Era el peor lugar para pensar en el embarazo de Ashley, pero fue como si los dioses lo hubieran planeado.

Ashley lloraba y yo la abrazaba. Dejaba de llorar y después empezaba de nuevo, y algunas de las madres volteaban a vernos. Algunas parecían preocupadas, y otras, enojadas. Yo simplemente la abrazaba y me preguntaba cómo era posible que un instante estuviera todo bien y al siguiente todo hubiera cambiado.

No sé por qué no mantuve la boca cerrada. Sentí que tenía que decir algo. Supongo que pensé que ella necesitaba una explicación. Así que le dije lo del condón roto.

Y eso lo cambió todo.

Ashley se movió para atrás en el banco. La expresión de su cara cambió por completo.

—¿Por qué no dijiste nada esa noche?

Sí, ¿por qué no dije nada? Me encogí de hombros.

—Entonces todo esto es tu culpa —siguió, demasiado alto.

—Perdóname. No tiene caso que te enojes conmigo ahora. Tenemos que pensar qué hacer —le dije, no muy convincente.

—Si lo hubiera sabido, tal vez habría podido hacer algo.

—Lo sé.

Sabía que se refería a la píldora del día después. Lo que pasa es que en ese momento no pensé que un pequeño resbalón pudiera terminar en esto.

—Confié en ti —me dijo.

—Lo sé —dije, bajando la cabeza.

—¡Eres un desgraciado! —exclamó con furia. Y entonces me golpeó.

Bueno, tal vez fue una bofetada. No estoy seguro. Algo entre una bofetada y un puñetazo justo en una mejilla. Después se levantó y empezó a alejarse. Ignoré el dolor de mi cara y la seguí. Todas las miradas, hasta las de los niños pequeños, estaban sobre nosotros.

—Espera, por favor —le supliqué.

Ashley me rechazó y siguió caminando. Se dio la vuelta una sola vez.

—No quiero hablar nunca más contigo —me dijo y después se fue.

Yo estaba mareado y me estaba costando mucho ordenar mis ideas. No sabía qué hacer. Una voz en mi cabeza insistía en que la siguiera, pero en lugar de eso me di la vuelta y me fui a casa. Le dije a mamá que estaba enfermo y me fui a mi cuarto a jugar *Guitar Hero*. Ya sé que suena muy mal, pero eso es lo que hice. Comí en silencio cuando llegó la hora de cenar, jugué más *Guitar Hero* y después me fui a dormir sintiéndome como la mierda. No dejaba de buscar alguna manera de arreglarlo, un plan, pero al final solo me enfurecía conmigo mismo. ¿Qué había tenido en la cabeza? ¿Era tan importante el sexo que había dejado que esto pasara? Al final me quedé dormido.

Cuando me desperté a la mañana siguiente, el problema seguía ahí, mirándome fijamente a la cara.

Capítulo tres

En los días siguientes las cosas fueron de mal en peor. Ashley se alejaba de mí cada vez que trataba de hablar con ella. Me decía siempre lo mismo: "No te me acerques". Ni una palabra más. Y cada vez se me volteaba el estómago. Su hermano Stephen me siguió al baño una tarde. Stephen era de mi edad y estaba en varias de mis clases.

Era un tipo enorme, hacía lucha libre con el equipo de la escuela y era legendario por su mal carácter, que creo que sacó de su padre.

—Vas a tener que cuidarte las espaldas de ahora en adelante —me dijo con una voz que sonó como si hubiera estado haciendo gárgaras con Drano. Estábamos lado a lado frente a los urinarios. Antes de terminar, se dio la vuelta y orinó en mis zapatos. Después se fue.

Aunque yo sabía que Ashley y su hermano se llevaban muy bien, me sorprendió pensar que le hubiera contado lo de su embarazo. Pero mientras me limpiaba los zapatos, se me ocurrió que en realidad no le tenía que decir que estaba embarazada; solo tenía que inventar cualquier cosa sobre mí para que su hermano se enojara lo suficiente como para que… bueno, orinara en mis zapatos. Maldición.

No pasó mucho tiempo antes de que me quedara claro cómo estaban las cosas.

Reacción

Algunas de las amigas de Ashley me empezaron a ver con odio. Su hermano reapareció cuando yo estaba esperando el autobús, me empujó "accidentalmente" y me hizo chocar contra un par de chicos que estaban en la fila frente a mí.

Los rumores viajan muy rápido en la escuela y muy pronto ya me veían con malos ojos personas que ni siquiera conocía. Empecé a tratar de no mirar a nadie en los pasillos. En casa, *Guitar Hero* no era un escape suficiente para no pensar en mi problema.

Cuando algunas de las chicas comenzaron a llamarme "El degenerado", no supe cómo reaccionar. Ya me estaba afectando, así que cuando Elisse, una chica que alguna vez consideré mi amiga, me lanzó una mirada de furia, la detuve en el pasillo. Todavía no podía creer que Ashley le hubiera contado a todo el mundo que estaba embarazada. Tenía que ser otra cosa.

—¿Qué pasa? —le pregunté—. ¿Por qué de repente todos me odian?

Elisse siguió mirándome del mismo modo y empezó a irse, así que la agarré de un brazo. Eso la enfureció aún más.

—¿Qué pasa? —repetí.

—¿Cómo?, ¿no lo sabes?

—No. Ayúdame un poco.

—Todos sabemos que forzaste a Ashley Walker a tener sexo contigo. Degenerado.

Se soltó de golpe y se alejó a toda prisa, pero se volteó a verme con furia una vez más y me hizo un gesto con el dedo.

Así que esa era la venganza de Ashley. Sí, nos habíamos acostado. Y al parecer la embaracé. Pero yo nunca jamás trataría de forzar a ninguna chica. Nunca.

Así que ahora tenía dos problemas. Pero eran dos problemas enormes y sentía como si fueran cien. Necesitaba hablar de eso. Decidí que tenía que contárselo a alguien; no a mis padres ni a ninguno de mis supuestos amigos. ¿Pero a quién estaba engañando? No tenía muchos amigos. Tendría que ser Kiley, una de mis ex novias. Kiley siempre fue muy lista y encantadora. Me había sorprendido mucho saber que tenía interés en mí, porque estaba en un nivel muy superior al mío. Pero hice una estupidez tras otra con ella. Como la vez que la convencí de hacer una fiesta en casa de sus padres y vomité en la sala. Y esa otra fiesta en la que me encontró en un rincón besando a una chica que ya ni siquiera recuerdo cómo se llamaba. Tuvo muy buenas razones para terminar conmigo. Pero, por raro que sea, siguió siendo mi amiga cuando terminamos.

Ese día, después de clases, vi a Kiley en la parada del autobús. Subí detrás de ella.

Se sentó hasta atrás y yo me senté a su lado. No había nadie más en el largo asiento del fondo. Me daba miedo que me mirara con odio como todas esas otras chicas de la escuela. No fue así, pero tampoco parecía contenta de verme.

—Hola —le dije.

—Hola.

Parecía desconcertada.

—¿No me vas a preguntar cómo estoy? —le pregunté.

—Ya sé cómo estás —respondió—. Te han elegido como el alumno más odiado de la escuela. Eres basura humana. Me imagino que eso no es muy agradable.

—Pero lo que piensa la gente no es cierto —le dije—. Ashley está enojada conmigo… por otra cosa… así que hizo correr un rumor.

Kiley asintió.

—Creo que lo sabía. Sé que no eres ese tipo de hombre. Te gusta el sexo, sí, pero no… bueno, no así.

—Gracias.

—Todos creen lo que quieren creer. ¿Y por qué está tan enojada contigo Ashley?

—¿Puedo confiar en ti?

—¿Confiar cómo? ¿Si puedo guardar un secreto? No sé.

Bueno, se lo dije de todas formas. Kiley abrió mucho los ojos.

—Eso no es bueno.

—¿Qué voy a hacer?

—Lo primero que tienes que hacer es hablar con Ashley. No le sirve de nada seguir enojada contigo. Tienen que discutir opciones.

—Sí, claro. Opciones.

—Tienen que resolver qué es lo mejor para los dos —dijo Kiley.

—¿*Qué* es lo mejor para nosotros? —le pregunté.

—Sabes muy bien que eso no lo puedo decir yo, Zach. ¿Te acuerdas de cuando terminamos? Ambos sabíamos que era lo mejor para los dos. Hablamos y los dos lo decidimos.

—Sí, pero esto es diferente.

—Como sea tienes que verla y hablar con ella —dijo—. Esto no se trata de ti. Se trata de ella.

Y supongo que apenas entonces lo entendí. Hasta ese momento no había dejado de pensar en lo terrible que era esto para mí. Tenía que ser mucho peor para Ashley.

Capítulo cuatro

Necesitaba hablar con Ashley. Algunas tardes ella iba a un café cerca de su casa, en general con un grupo de amigas. Sin duda todas me odiarían, pero tenía que arriesgarme. Me bajé del autobús en la parada de Kiley y corrí diez cuadras hasta el Java Junction. Me faltaba el aire cuando abrí la puerta y la vi.

Sin darme tiempo a recuperar el aliento, caminé directamente hasta su mesa. Dejaron de hablar de golpe.

—Perdóname, Ashley —le dije—. Perdóname. Haré lo que quieras que haga. Lo que sea. Por favor.

Me quedé ahí parado por un minuto de lo más incómodo. Esperé a que ella dijera algo, pero no dijo nada. Todas las demás solo se me quedaron viendo.

No sabía qué más decir. Traté de tranquilizar los latidos de mi corazón. Al verla, me di cuenta de que algo había cambiado en la forma en que me miraba. La furia había desaparecido y había sido reemplazada por confusión.

—Lo que sea —repetí, como si esa frase pudiera dar en el clavo. Y tal vez debí haberme detenido ahí y dado la vuelta, pero seguí hablando—. Te amo.

Miré su cara en busca de una respuesta. La agarré completamente desprevenida.

Reacción

Me agarré desprevenido a mí mismo. Nos habíamos divertido juntos y nos llevábamos muy bien, pero solo ahora me estaba dando cuenta de que de verdad quería a esta chica. Creo que la amaba.

Y ahora los dos estábamos asustados. Se hizo un silencio de muerte. Entonces se levantó y vi que la expresión de su cara iba de la confusión a la furia otra vez.

—¡Mentira! —me gritó—. Embustero.

Las otras chicas me miraron con el ceño fruncido.

Había fallado en mi misión. Me di la vuelta y salí del café. Lo único en lo que podía pensar era en irme de ahí.

No me di cuenta de que Ashley me había seguido sino hasta que llegué a la esquina y sentí que una mano me agarraba el hombro y me hacía dar la vuelta.

—Voy a arreglar esto y quiero que tú pagues.

Yo había pensado en esa posibilidad, pero no estaba seguro de que fuera lo correcto.

—Antes tenemos que hablar. ¿De verdad es lo que quieres?

No contestó la pregunta.

—Mis amigas piensan que te pueden meter a la cárcel por esto —me dijo—. Dicen que debería ir a la policía.

—Eso sería una locura. Ashley, lamento todo esto. Tenemos que hablar con alguien que nos ayude a tomar una decisión. No con la policía.

—Nadie puede ayudarnos. Lo arruinaste todo. Quiero que tengas un castigo.

—¿Es por eso que mentiste y les dijiste a todos que te forcé a tener sexo conmigo? Tú sabes que no fue así.

Ashley no contestó. Solo se me quedó mirando. Me sentí atrapado y se me paralizó la mente.

Entonces tomó su teléfono celular y empezó a hacer una llamada.

Reacción

—¿A quién llamas? —le pregunté con voz temblorosa.

—A mis padres —contestó.

No supe qué hacer. Me di la vuelta y me eché a correr.

Capítulo cinco

Nunca he sido un buen corredor. Corrí tres cuadras hasta que sentí como si mis pulmones estuvieran a punto de reventar. Tenía miedo de ir a casa. Miedo de que la policía estuviera ahí. Yo no sabía mucho de la ley. Si un chico de dieciséis años tiene sexo con una chica solo un año menor, ¿es un delito? Y si lo es, ¿qué podían hacerme? Todo el mundo lo sabría. Y todo el mundo me odiaría. Y mis padres, ¿qué pensarían de su hijo?

Empecé a darme cuenta de que podía estar metido en un verdadero problema. Eso me dio un susto de muerte. Y nada me parecía justo. ¿Era de verdad solo mi culpa? No era como si Ashley y yo fuéramos los únicos teniendo sexo. Entonces, ¿por qué me querían culpar todos a mí? Empecé a ponerme furioso. Lo único que quería era alejarme de todo.

Me subí a un autobús que me llevó a una de las principales carreteras que salían de la ciudad y, por primera vez en mi vida, me paré a un lado de la carretera y levanté el pulgar para pedir aventón. No pensaba más que en irme de ahí. En irme y tal vez no volver jamás.

Me recogió un hombre en una camioneta y me llevó a media hora de distancia, hablando todo el tiempo de beisbol y política. Un segundo conductor, un tipo de veintitantos que parecía haber fumado algo, me llevó más lejos, hacia las montañas. Tenía la música a todo volumen y no me dirigió la palabra en todo el recorrido. Cuando llegamos a un río con una cascada, le pedí que me dejara ahí.

Traté de relajarme mientras bajaba por el terraplén. Me alejé caminando a lo largo del violento río y me senté al pie de la cascada. Parecía a un tiempo atemorizadora, con todo ese poder, y hermosa. Respiré hondo y me sentí aturdido de repente.

Había escapado. Había dado el primer paso para dejar todo eso detrás. Podía lograrlo. Podía simplemente desaparecer. Podía ir a otra parte donde nadie me conociera y nadie pudiera encontrarme. Podía olvidar a Ashley y el estúpido embarazo; olvidarme de lo que toda esa gente pensaba de mí.

Sería así de fácil.

El aturdimiento me duró casi una hora. Y entonces me llené de dudas.

Tomé con las manos un poco de agua helada y me la eché a la cara una y otra vez.

Y entonces la realidad me golpeó de nuevo con la fuerza de un tren de carga.

¿Podía hacerles eso a mis padres? ¿De verdad quería dejarlo todo atrás?

Sí, tal vez podría hacerlo si no me quedaba alternativa. Pero todavía no. No ahora. Me sentí vulnerable. Solo me había ido unas pocas horas y ya me sentía perdido y solo. Pronto se haría de noche. ¿Y entonces qué? Me sentí como un niñito perdido.

Regresar a la ciudad en aventones no fue tan fácil. Creo que la primera persona que paró, una mujer de mediana edad con lentes oscuros, estaba borracha.

No articulaba bien las palabras. El siguiente conductor resultó ser un ministro de iglesia que no dejó de preguntarme si todo estaba bien. No le dije nada. Necesité tres viajes cortos más, con largas esperas en el medio, para regresar a mi vecindario.

No había llegado a cenar y mamá y papá querían saber dónde había estado.

—Has estado muy raro —me dijo mi papá—. ¿Nos vas a contar qué está pasando?

Mi papá es un buen tipo, pero es un poco chapado a la antigua. Nunca se metió en problemas. ¿Qué podía contestarle?

Y mi mamá. Estaba de pie sin moverse, con cara de preocupación. Yo sabía que nunca le había caído bien Ashley. Tal vez era por lo de la edad o tal vez por algo más. Los dos eran buenos padres. De verdad que no quería hacerlos sufrir con mi problema, pero el secreto me estaba volviendo loco. Así que se los dije.

—Embaracé a Ashley.

Vi cómo se tensaban los músculos de la quijada de mi padre. Vi el impacto en sus ojos. Y mi mamá... tragó aire de repente y después desvió la mirada rápidamente hacia la ventana.

Subí a mi cuarto y me acosté en la cama. Diez minutos después, los dos subieron con mi cena y me miraron en un incómodo silencio mientras daba unos bocados. Mi padre se aclaró la garganta al fin y me preguntó:

—¿Han ido juntos a hablar con un médico o con alguien de una clínica de planificación familiar? Son conscientes de que tienen opciones, ¿verdad?

Ahí estaba esa palabra.

—No estoy seguro de que Ashley quiera hablar conmigo.

—Llámala —me dijo mamá—. Habla con ella.

Después de que me dejaron solo, la llamé. Y fue una gran sorpresa que no me colgara.

—Estuve a punto de irme hoy. Para siempre.

—¿Por qué volviste? —dijo con una voz que no sonaba enojada.

—No lo sé. Simplemente no pude irme.

—Lo que dijiste hoy en el café, ¿es cierto?

Respiré hondo. No podía mentirle.

—No sé. Ni siquiera estoy seguro de si sé qué es el amor. Solo sé que de verdad me importa lo que te pase. Sé que es mi culpa, pero quisiera estar aquí para todo lo que necesites.

—No sé qué decir. En un momento te odio y al siguiente quiero estar contigo. Es como una montaña rusa emocional.

—Lo sé.

—¿Qué quieres que hagamos? —me preguntó.

Reacción

—Quiero que vayamos juntos a una clínica de planificación familiar. Quiero conseguir información. ¿Está bien?

Hubo un largo silencio.

—Está bien —respondió al fin.

Capítulo seis

Fuimos a la clínica al día siguiente, después de clases, sin decirles nada a nuestros padres. Estábamos nerviosos, pero el personal de la clínica nos trató bien. Hablamos en privado con una doctora en su consultorio. Dijo que era la Dra. Benson. Parecía amable y era evidente que había visto miles de casos como el nuestro antes. Traté de tomar la mano de Ashley, pero me rechazó. Creo que fue solo por nervios. Era muy difícil para ambos.

—Podrías interrumpir el embarazo si este no es un buen momento —dijo la doctora—. Si estás segura de que no quieres tener al bebé, podemos hacerte una cita. No estoy aconsejándote que lo hagas. Es solo que cuanto antes se lleve a cabo, más sencillo es el procedimiento —explicó, e hizo una pausa—. La otra opción es, por supuesto, que tengas al bebé. Después podrías darlo en adopción. Hay muchas mujeres casadas que no pueden embarazarse. Para ellas sería una bendición.

—¿Y si no quisiéramos entregarlo? —me escuché decir de repente. El cuarto quedó en completo silencio y Ashley me miró como si me hubiera vuelto loco—. Solo estoy preguntando qué pasaría en ese caso —agregué.

La doctora se aclaró la garganta.

—Es una opción —dijo—. Todo esto tiene que ver con opciones: las suyas. Qué es lo mejor para ustedes y qué es lo mejor para el bebé. Si es que hay un bebé.

Ashley me tomó la mano ahora, pero no me miró.

—¿Cuándo tenemos que decidir? —preguntó.

—Cuanto antes, mejor —dijo la Dra. Benson—. Solo asegúrense de tomar una decisión de la que no vayan a arrepentirse después, de poder vivir con su decisión.

Cuando salimos del consultorio no dijimos nada. Creo que estábamos demasiado impactados como para hablar. Acompañé a Ashley a su casa y traté de iniciar una conversación, primero sobre la decisión y después sobre cualquier cosa, solo para llenar el silencio. Ashley me contestaba a todo con lo mismo.

—No puedo hablar de eso ahora.

Reacción

Cuando estábamos cerca de su casa, me dijo:

—Hasta aquí está bien. Puedes irte. Vamos a consultarlo con la almohada y a ver qué pensamos mañana.

Asentí y le di un abrazo. Sabía que no me quería cerca de su casa ni de sus padres. *Es mejor no hacer olas*, pensé.

Esa noche dormí muy mal. Me quedaba dormido y enseguida me despertaba de nuevo. Al otro día, en la escuela, Ashley todavía parecía en *shock* y no quiso hablar conmigo ni de la clínica ni de la decisión. Yo la entendía, porque tampoco quería hablar de nada de eso. En la segunda noche casi en vela, me levanté y me senté frente a mi computadora. Visité sitios de Internet sobre embarazo en la adolescencia y el aborto. Pros y contras. Traté de evitar los sitios en los que la gente expresaba opiniones tajantes a favor de uno u otro.

Quería que la decisión fuera nuestra. De Ashley y mía. Caramba, había mucha gente con opiniones muy fuertes en relación con el tema. Yo no sabía quién tenía razón o quién no la tenía. Y yo mismo no sabía lo que pensaba del asunto. Supongo que había muchas cosas de las que no estaba seguro.

Entonces busqué *padres adolescentes*. Fue raro escribir las palabras. Digo, súper raro.

Fui a dar a una página web de Nueva Zelanda; quién lo hubiera dicho. Muchos chicos adolescentes habían publicado sus historias de paternidad. Ahí sí que me desperté por completo. Algunos de ellos tenían dieciocho o diecinueve. Otros eran más jóvenes. Uno solo tenía quince. Escribían sobre lo duro que era. Algunos habían sido apartados a un lado por la chica o por sus padres, y estaban enojados.

Un par de los muchachos mayores se habían mudado con la chica y el bebé y estaban tratando de mantener a su familia. No era fácil. Y un par de los más jóvenes habían decidido simplemente mantenerse cerca; los dos padres seguían yendo a la escuela y cada uno vivía en su propia casa. Era muy pesado para ellos, pero estos chicos estaban comprometidos con su papel de padres. Uno que se llamaba Mark lo hacía sonar como si no fuera tan malo y parecía completamente decidido a apoyar a su novia y a ser un buen padre.

Leí todas las historias de la página. Había fotos, algunas con la madre y el padre. Algunas solo del padre y el bebé. Incluso había un tipo que estaba criando al bebé en casa con sus padres; después del parto, la chica había dicho que no quería tener nada que ver con él ni con el bebé. Ninguna de las historias hacía pensar que las cosas fueran fáciles.

Me la pasaba preguntándome por qué y cómo habían podido esos chicos seguir ese camino. Caramba, seguro que había sido muy difícil. Pero algunos de ellos parecían muy orgullosos de ser padres. Estaban ayudando a criar a su propio hijo. Una parte de mí pensaba que era estupendo, pero estaba empezando a entender lo que implicaba una decisión semejante. Ayudar a criar un bebé. Estar siempre disponible para un niño pequeño que está creciendo. De solo pensarlo me puse a temblar. Todo se estaba volviendo muy raro.

Capítulo siete

No sé por qué exactamente hice lo que hice después. Era casi medianoche cuando desperté a mis padres.

—Necesito hablar —les dije. Ya les había contado de la cita con la consejera en el centro de planificación familiar y ellos se habían portado sorprendentemente razonables. Creo que estaban bastante seguros de que íbamos a elegir el aborto, pero no me estaban presionando en uno u otro sentido. Ahora yo estaba dudando.

—¿Qué pasa, Zach? —me preguntó mamá, sentándose en la cama y completamente despierta de repente.

Me senté al pie de su cama y me sentí de golpe como si fuera un niño de nuevo, entrando al cuarto de mis padres a la mitad de la noche porque tenía miedo.

—He estado pensando —dije y tragué con fuerza—. He estado pensando en Ashley y en lo del embarazo.

—Sabemos que no es fácil —me interrumpió mamá, tratando de sonar consoladora.

Mi papá se frotó los ojos y trató de enfocarlos en mí.

—Cuéntanos, Zach —dijo.

Tragué fuerte otra vez.

—¿Qué pasaría si decidiéramos no hacer el aborto?

Reacción

Mamá prendió la luz de su mesita para mirarme. Los dos se veían un poco impactados.

Mi padre se aclaró la garganta.

—Pensé que habían ido a la clínica para hablar con la doctora sobre... bueno, sobre un procedimiento para... este... interrumpir el embarazo.

—Sí, pero lo que pasa es que no estoy cien por ciento seguro de que sea lo mejor para nosotros.

—¿Qué piensa Ashley?

—Todavía no le he hablado de esto. Digo, hemos hablado de un aborto o de que tenga al bebé y lo demos en adopción, pero lo que estoy pensando es diferente.

—Realmente no veo cómo podría funcionar eso —me interrumpió mi padre. Estaba a punto de seguir, pero mamá le tocó el brazo y no dijo nada más.

—Creo que necesitas tener una conversación muy seria con Ashley —dijo mamá.

—Ya lo sé. Pero no quiero decírselo por teléfono. Necesito hacerlo cara a cara.

—Claro —dijo mamá. Mi papá seguía pareciendo un poco impactado.

Al día siguiente esperé hasta la hora del almuerzo. Me quedé junto a la entrada de la cafetería hasta que llegó Ashley con un par de amigas. Se veía un poco pálida. Las otras chicas solo me miraron con odio. En la escuela ya no tenía ni idea de qué esperar de nadie. Muchos de mis compañeros sabían algo o creían que sabían algo de mí, pero yo no sabía qué. Tal vez algunos sabían la verdad y a otros les habían contado un montón de mentiras. Ya me estaba hartando de las miradas que me lanzaban.

—Ashley, ¿podemos hablar? —le pregunté—. A solas.

Ashley asintió.

—No me siento muy bien. No creo que pueda comer nada.

Reacción

Eso hizo que me sintiera mucho más culpable que antes.

—Lo lamento —le dije.

—No pasa nada. Vamos a esa mesa vacía junto a la ventana.

Todo el mundo nos miró mientras atravesábamos la cafetería. La música estaba muy fuerte. Nos sentamos a un lado de la ventana.

Ashley habló primero.

—Mis papás creen que lo mejor es terminar con el embarazo ahora que todavía hay tiempo. Ya no están pensando en hablar con la policía sobre presentar cargos.

Ni siquiera quería pensar sobre el lado legal del asunto. No pensaba que pudieran realmente acusarme de un delito, pero claro que, ¿qué sabía yo de eso?

—Creo que mi papá también piensa que eso es lo mejor —le dije.

—Es la salida fácil —dijo Ashley—. Al menos para ti.

Cuando dijo eso último, había un tono amargo en su voz.

—Pero, ¿y tú? ¿Qué quieres hacer?

—Todavía no sé. Es una decisión demasiado importante. No puedo decidirme.

—¿Quieres saber qué pienso yo? —le pregunté.

—Bueno, sí —contestó—, pero casi tengo miedo de preguntar.

No lo solté de buenas a primeras. Le conté de mi conversación con mis padres. Y le dije lo de la página web. Le hablé de las historias de los padres adolescentes y le dije que hasta le había escrito al chico que se llamaba Mark, quien había anotado sus datos de contacto al final de su historia. Esa mañana ya había recibido su respuesta. *Haber tenido al bebé y estar ahí para mi hijo ha sido lo más inteligente y lo más importante que he hecho en mi vida*, había escrito Mark.

Reacción

Ashley se veía confundida.

—¿Estás oyendo el consejo de alguien que ni siquiera conoces y que está al otro lado del planeta?

—No es eso —le dije—. Es solo que se trata de una decisión tan importante, que estoy tratando de decidir qué es lo correcto.

Ashley se veía otra vez un poco enferma. Volteó hacia la ventana y se puso a mirar para afuera.

Dejé que lo pensara por un minuto, deseando que la maldita música no estuviera tan alta.

—¿En qué estás pensando? —le pregunté al fin.

—Estoy pensando que quiero mi vida de vuelta. Quiero volver a ser solo una chica que va a la escuela. Quisiera que esto no hubiera pasado. Quisiera no haberte conocido.

No había enojo en su voz.

—Yo estoy contento de haberte conocido —le dije—. Creo que podemos hacer esto juntos.

Ashley siguió mirando por la ventana y vi que se le llenaban los ojos de lágrimas. Y entonces volteó a mirarme. Y me besó. Sostuvo mi cara entre sus manos y me besó como si estuviera poniendo todo su corazón en ese beso.

Capítulo ocho

Después del almuerzo la acompañé a su salón. Mientras caminaba como a la deriva hacia mi clase de matemáticas, me sentía abrigado y protegido. Feliz. Nunca antes me había sentido así y estaba seguro de que esa reacción visceral era la correcta. Todo iba a estar bien. Ashley y yo íbamos a pasar por esto juntos.

Después de clases, traté de convencerla de ir otra vez a la clínica. Quería hablar un poco más con la Dra. Benson sobre el embarazo y sobre la posibilidad de no dar al bebé en adopción.

Ashley sacudió la cabeza.

—Antes tengo que hablar con mis padres. Se los debo.

La cálida emoción que había sentido antes desapareció de golpe.

—Entiendo —le dije—. ¿Puedo acompañarte a hablar con ellos?

—No. Eso no sería bueno. Necesito hacer esto sola.

Así que la acompañé a su casa, pero no la llevé hasta la puerta.

Esa noche todo explotó. Sonó el teléfono y era el padre de Ashley. Primero habló con mi papá. Yo solo pude oír un lado de la conversación. Mi papá trataba de ser amable, pero creo que el Sr. Walker estaba gritando. No era bueno.

—Lo lamento —le dijo mi papá al fin, con una voz nerviosa pero controlada—. Tengo que colgar. Tal vez podríamos continuar con esta conversación en otro momento.

Y colgó el teléfono.

No había pasado ni un minuto cuando sonó de nuevo. Esta vez lo contesté en mi cuarto.

—Hola —dije—. Soy yo, Zach.

—Pon a tu padre de nuevo en el teléfono —me gruñó.

—No. Creo que es conmigo con quien tiene que hablar. No con él.

—Bueno, pues eres la fuente del problema.

—Lo sé.

—¿Qué es esa loca idea que estás plantando en la cabeza de mi hija? —me preguntó.

—Solo estamos tratando de tomar una decisión que sea buena para nosotros.

—¿Una decisión? ¿Quién eres tú para decidir nada?

Hice una pausa por un segundo.

—Soy el padre. Debería poder dar mi opinión.

—¿Embarazas a mi hija y después me dices que quieres decidir lo que es mejor para su futuro?

Estaba perdiendo el control. Podía oírlo en su voz.

Yo estaba luchando por mantener la calma. Mi padre entró a mi cuarto en ese momento y se quedó ahí de pie.

—Dame el teléfono —dijo. Sacudí la cabeza y traté de ignorarlo. Hablé entonces lenta y cuidadosamente.

—Quiero que Ashley y yo decidamos juntos lo que vamos a hacer —dije. Y probablemente no debí haber dicho lo que dije después, pero me estaba presionando demasiado—. Tal vez lo mejor sea tener al bebé y no darlo en adopción.

Esperé por lo que fuera que vendría después, pero lo único que oí fue una especie de respiración irregular. Y entonces el Sr. Walker colgó el teléfono con fuerza.

Mi padre seguía de pie en mi cuarto. Volteé a mirarlo y esperé a que dijera algo. Tal vez incluso esperaba que me dijera lo orgulloso que estaba de mí por ser tan responsable y por haber mantenido la calma al hablar con el Sr. Walker. Pero en lugar de eso, se dio la vuelta y se fue.

Capítulo nueve

Muy pronto todos en la escuela sabían lo que estaba pasando. O al menos sabían que Ashley estaba embarazada y que yo era el que la había embarazado. Ashley le dijo a Elisse y bueno, Elisse se lo dijo a todos los demás. Como se podrán imaginar, había varias versiones de cómo la había embarazado.

Reacción

Algunos chicos que apenas conocía me daban golpecitos en la espalda. "Oye, felicidades", me decían de repente en el pasillo, haciéndome un gesto con el pulgar. En realidad no creo que me estuvieran felicitando: se estaban burlando de mí. Stephen, el hermano de Ashley, y sus amigos eran otra historia. Ninguno me hizo nada físico; solo me miraban con furia o alguno me decía: "Te estamos vigilando", o si no, la frase favorita de Stephen: "Esto no se ha terminado".

Las chicas también reaccionaban de formas distintas. Algunas me trataban como escoria de estanque. Otras que jamás me habían mirado siquiera ahora me volteaban a ver en el pasillo o en clase. Era evidente que sentían curiosidad. Yo no estaba acostumbrado a ser el centro de atención de esa manera.

Y parecía que cada vez que me daba la vuelta, Kiley estaba ahí para preguntarme cómo iba todo.

—¿Vas a estar bien? —me preguntó una vez.

—Todo va a salir bien al final —le contesté.

—¿De verdad están considerando tener al bebé? ¿No crees que Ashley es demasiado joven?

—No. Creo que ella estaría bien, siempre y cuando yo la ayudara.

—Lo dices en serio, ¿verdad?

—Bueno, estamos considerando las opciones —le dije.

Cada vez estaba más seguro de que tener al bebé era la decisión correcta. Amaba a Ashley y ella me amaba a mí. Lo único que necesitaba… lo único que necesitábamos Ashley y yo era que todo el mundo nos dejara en paz.

Entonces Kiley me miró de una forma muy extraña. Al principio no lo registré,

Reacción

pero cuando ya se había ido entendí de qué se trataba. No me miró como lo haría una amiga. Su mirada fue más que eso. Y descubrí que me gustaba cómo me hacía sentir.

Ashley yo podíamos estar juntos en la biblioteca pública o en el parque después de clases, pero yo no tenía permitido ir a su casa y sus padres no la dejaban ir a la mía. Cuando estaba conmigo parecía estar bien, pero me daba cuenta de que estaba realmente muy asustada. Ya se había acostumbrado a ser la chica embarazada de la escuela. Yo estaba menos cómodo con mi papel, pero podía soportarlo.

Pasaron unas dos semanas y entramos a una especie de rutina "normal". Fuimos un par de veces a la clínica de planificación familiar y Ashley y yo hablábamos mucho sobre nuestra situación. Además, Mark y yo nos escribíamos por correo electrónico regularmente porque yo quería saber lo que él pensaba. *Tengan al bebé, amigo. Te va a cambiar la vida*, me escribió una vez.

Y entonces pasó otra semana. Y otra. Ashley ya casi nunca se sentía mal y al parecer los otros chicos habían perdido interés en nosotros. Ya éramos noticia antigua. Un día, estábamos en la biblioteca haciendo la tarea juntos, cuando Ashley me preguntó:

—Quieres este bebé, ¿verdad?

—Sí —contesté después de un momento—. Quiero que lo tengamos. Quiero apoyarte. Y estar ahí para el bebé. Creo que podemos hacerlo.

Ashley me miró con los ojos muy abiertos. Parecía asustada.

—Esto no se siente como si fuera real.

Asentí.

—Lo sé. Me cuesta mucho creer que, en estas fechas el año que viene, podríamos ser padres de un bebé.

Reacción

—Suena loquísimo —dijo, pero ahora estaba sonriendo.

—Bueno, hemos cambiado. Tenemos que seguir trabajando en esto.

—Lo sé. Es solo que a veces desearía que todo volviera a ser como antes.

Entonces la abracé y ella lloró en voz baja contra mi hombro. La verdad es que yo tenía un millón de dudas sobre lo que estábamos haciendo. ¿Sería Ashley lo suficientemente fuerte como para pasar por todo esto? ¿Estaría sano el bebé? ¿Sería yo un buen padre? ¿Me dejarían participar los padres de Ashley? ¿Realmente quería asumir este compromiso? Pero algo en mi interior me seguía diciendo que era lo correcto a pesar de todo. No le dije nada. Solo cerré los ojos y la abracé mientras la bibliotecaria nos miraba desde su escritorio. Pero cuando vio la expresión asustada de mi rostro, desvió la mirada.

Capítulo diez

Por extraño que parezca, tanto a Ashley como a mí nos estaba yendo mejor en la escuela que antes de que se embarazara. Todo ese tiempo que pasábamos en la biblioteca pública estaba dando frutos. Los dos nos estábamos portando más responsables. Ya no íbamos a fiestas. Ashley sabía que no debía tomar ni hacer nada que pudiera dañar al bebé.

Reacción

Sí, empezamos a usar esas palabras: "el bebé". A veces nos referíamos a él como "nuestro bebé".

En casa, mis papás me habían dado más espacio. Estaban preocupados, por supuesto, pero no me decían nada. No pasaba lo mismo con los padres de Ashley. El papá de Ashley llamaba al mío al menos una vez a la semana. Ya no gritaba, pero no se daba por vencido. Cuando llamaba, mi padre siempre se llevaba el teléfono inalámbrico a su cuarto y cerraba la puerta. Nunca me decía de qué hablaban. Y yo nunca preguntaba.

Entonces me agarraron por sorpresa.

Llegué a casa a cenar una noche y vi que el auto de los padres de Ashley estaba estacionado enfrente. Al entrar me encontré con la madre y el padre de Ashley sentados en la sala con los míos.

Al principio me quedé de pie frente a ellos. Nadie dijo nada. El Sr. Walker parecía una bomba a punto de estallar.

Su esposa parecía haber estado llorando. Mi madre mantenía la cabeza gacha y mi padre... bueno, mi padre lucía como un traidor.

—¿Qué diablos es esto? —pregunté.

Mi padre se levantó.

—Me parece que ya es tiempo de que todos nos sentemos a hablar sobre esto —me dijo.

—Fue mi idea —dijo suavemente la madre de Ashley—. Persuadí a tus padres de que debíamos hacerlo.

La Sra. Walker era una mujer tímida a quien rara vez había escuchado hablar.

—Todos estamos de acuerdo en una cosa —dijo mi madre—. Ashley va a tener al bebé y tenemos que hacer lo que sea mejor para ella y para el bebé.

Pero yo sabía que había algo más. No dije nada. Estaba tratando de controlar mis emociones. Sentía como si me estuvieran intimidando o algo así, como si estuvieran poniéndose todos juntos en mi contra.

El Sr. Walker se aclaró la garganta y respiró hondo.

—Zach —dijo, con una voz muy controlada—, ¿sabes qué es una intervención?

Hice una mueca.

—Sí —dije y lancé un bufido—. Cuando alguien está fuera de control, cuando alguien está metido en drogas, la gente se junta y trata de obligar a esa persona a cambiar —agregué e hice una pausa, mirando a cada uno de ellos a la cara—. Pero aquí no hay nadie metido en drogas, así que, ¿qué diablos es esto?

—Estamos aquí para ayudar —dijo la Sra. Walker—. Queremos ayudarlos a Ashley y a ti.

—¿Por qué no te sientas? —me dijo mamá.

—Prefiero quedarme de pie.

Hubo un incómodo silencio.

Y entonces oí que se abría la puerta del baño y vi que Ashley entraba a la sala. Parecía que no se estaba sintiendo muy bien.

—Hola, Zach —dijo en voz queda.

—¿Sabías de esto? —le pregunté.

Asintió.

—No entiendo qué está pasando —le dije.

Se sentó en un sillón vacío y movió las manos con inquietud.

—Zach, ya no estoy tan segura de lo de quedarnos con el bebé. Tal vez deberíamos darlo en adopción cuando nazca.

Sentí que la rabia se alzaba desde mi estómago, pero sabía que tenía que controlarme. Hice un gesto hacia sus padres.

—Te han estado lavando el cerebro, ¿verdad?

—No —dijo. Su voz era débil y me di cuenta de que esto era terriblemente difícil para ella—. Es solo que no creo que vaya a ser una buena madre.

—Pero yo te ayudaría —le dije.

Ashley desvió la mirada hacia la pared. Miré con furia a mis padres, los traidores que habían permitido esta situación. Después miré con furia al Sr. Walker. En ese momento, supongo que no pudo contenerse.

—Sí, Zach. ¿Y qué tipo de padre responsable crees que vas a ser tú?

Había veneno en su voz.

Sabía que no podía contestarle. Estaba demasiado enojado y me iba a arrepentir de cualquier cosa que dijera. No dejaba de repetirme que tenía que mantener la calma. Si perdía la compostura, le daría al padre de Ashley justo lo que quería.

Así que fui hasta Ashley y me senté en el brazo de su sillón. Le pasé el brazo por los hombros. En ese momento quería que todo y todos desaparecieran. Lo único que quería era estar a solas con Ashley.

—Hay muchas mujeres que no pueden tener hijos —dijo mi madre—. Para ellas sería como un sueño hecho realidad adoptar un bebé. El niño tendría una buena vida.

—Una vida normal —agregó la Sra. Walker.

Mi papá se levantó.

—Vamos a ir a la cocina para que ustedes puedan hablar un poco. Tómense su tiempo. No estamos tratando de presionarlos para que hagan nada.

Esas últimas palabras sonaron huecas. Era raro oírlo hablar así.

Mientras los cuatro salían de la sala, me sentí atrapado. Durante semanas había estado escondiendo todas mis dudas en un armario. Sabía mil razones por las que no debíamos quedarnos con el bebé; un millón, tal vez. Pero yo pensaba que podíamos vencer los malos pronósticos, incluso poner de nuestra parte a los cuatro padres. Y ahora esto.

Cuando nos quedamos solos, me senté en el suelo frente a Ashley e hice que me mirara a los ojos.

—¿Estás bien? —le pregunté.

—Me siento un poco mal —dijo—, pero estoy bien. Lamento todo esto. En parte es mi culpa. Quería que nos sentáramos todos a hablar. No me gusta que mis padres te odien.

—Pero yo creía que estábamos satisfechos con lo que habíamos decidido.

—Yo también, pero era más bien lo que *tú* habías decidido.

—Estamos juntos en esto —le dije.

—Lo sé, pero ya ha pasado un tiempo desde que hablamos de verdad de todo esto. ¿Todavía piensas igual?

La verdad es que había estado pensando cada vez más en que habría muchos problemas imposibles de resolver y no estaba seguro de cómo podría enfrentarlos. A pesar de todo, al final siempre me convencía a mí mismo de que podía manejarlo todo. Podía lograrlo. Quería ser un buen padre. Podía hacerlo.

—Sí —dije—. Más que nunca.

Ashley asintió.

—Supongo que pensé que necesitaba darte una puerta de escape.

—No la quiero.

—Bueno —dijo—. Vamos a seguir con nuestro plan. Me quedaré con el bebé. Tú vas a ayudarme, ¿verdad?

—Sí, siempre.

Capítulo once

Después de eso tuvimos diez días de una especie de tregua. Los padres de Ashley parecían haberse calmado. Los míos también. En la escuela seguíamos siendo el centro de atención cuando estábamos juntos. La orientadora de la escuela nos llamó a los dos un día, pero se lo tomó todo con mucha serenidad. Nos dijo que iban a hacer un "plan" para Ashley, de modo que pudiera seguir tomando clases el tiempo que quisiera y más tarde seguir trabajando desde casa. Después de que naciera el bebé regresaría, por supuesto, a clases regulares. Parecía que al menos una persona estaba de nuestro lado.

Una noche Ashley fue a casa a ver una película y me pareció que mis padres se lo tomaron bien, a pesar de que nos descubrieron muy acaramelados en la sala. Y otro día Ashley me invitó a su casa a estudiar después de clases.

—No sé si es una buena idea —le dije.

—Sí lo es. Si vamos a hacer que esto funcione, mi familia va a tener que aceptarte.

—Sí, claro.

—Mi papá no va a estar —me dijo—. Y Stephen prometió dejar de molestarte.

Así que fui a su casa. Fuimos en autobús después de clases. Su mamá se portó un poco fría, pero cortés. Ashley me hizo café y nos sentamos a hablar en la cocina.

Bueno, Ashley habló. Por momentos fue como una verdadera cotorra. Y no habló del bebé, de nuestro futuro ni de nada importante. Me habló de lo que estaban haciendo sus amigas: del nuevo novio de Elisse, que curiosamente era de Francia, y de Jessica, que había ido de compras al centro comercial, y de Maya, que estaba prendada de Liam, y de las fiestas a las que no estábamos yendo y de qué chicos de qué bandas le parecían guapos. Y así siguió hablando y hablando. La verdad es que no estudiamos ni un minuto.

Mientras tomaba mi café a sorbos, empecé a darme cuenta de lo joven que era Ashley. A pesar de que solo era un año menor que yo, me pareció que era más que eso. Me sentí mucho mayor que ella. ¿Qué había pasado? Fue como si me faltara una pieza de un rompecabezas. ¿En qué me estaba metiendo con esta chica?

La Sra. Walker entró y me preguntó con audacia si me quería quedar a cenar. No sé qué boca se abrió más, la de Ashley o la mía.

Pero todavía no estaba listo para eso. No tal y como me estaba sintiendo en ese momento.

—No, gracias, Sra. Walker —respondí con cortesía—. No hoy, pero otra noche con mucho gusto.

—Claro. ¿Cuál es tu comida favorita? Podría hacerte algo especial. Nada más no me digas que es la pizza. Odio la pizza.

Creo que justo habría dicho pizza, pero preferí mentir.

—No, estoy harto de la pizza. ¿Qué tal lasaña?

—Lasaña será entonces. Tú escoge la noche.

Al levantarme para irme, besé a Ashley frente a su mamá. Sabía que había atravesado una especie de puente, pero la verdad es que eso no me hizo sentir como una estrella de rock. Afuera de la casa, lancé una gran bocanada de aire. Cuando ya estaba a unos metros de distancia empecé a correr, no mucho al principio, pero cada vez más rápido hasta que sentí que me costaba respirar. Cuando bajé la velocidad, me di cuenta de que ni siquiera había estado corriendo hacia casa. Estaba a un lado de las tiendas cerca de la escuela. Caminé frente al Java Junction y vi a algunos chicos de la secundaria. Kiley estaba sola en una mesa. Kiley, que había sido mi novia antes de que yo lo arruinara todo. Kiley, con la que últimamente me encontraba todo el tiempo en los pasillos. Kiley, que en ese momento se veía muy guapa.

No estaba mirando hacia afuera. Se concentraba en su taza con aspecto bastante solitario, mientras a su alrededor otros chicos estaban en grupos, riéndose y pasando un buen rato. Pensé en entrar y sentarme con ella. Quería hablar con alguien. Con alguien que no fuera Ashley.

Pero no lo hice. Me di la vuelta y me fui. Ya en casa, le mandé un correo electrónico a Mark, en Nueva Zelanda. Era más o menos así:

Hola, Mark. ¿No sientes algunos días como que te han robado la libertad? ¿No desearías con toda tu alma no ser padre? ¿Aprendes a soportar los ataques de los padres de tu novia? ¿No sientes como si el resto del mundo estuviera divirtiéndose y tu vida fuera como una cárcel? ¿O de verdad vale la pena? Dime que ser padre es la mejor cosa del planeta.

Tu amigo en Norteamérica,
Zach, Futuro Súper Papá

Capítulo doce

Al día siguiente, en la escuela, algo hizo clic. Kiley seguía cruzándose conmigo en los pasillos demasiado a menudo. Y algo había cambiado en ella. Su cabello, su ropa. Siempre había sido muy atractiva, pero ahora había algo diferente. Y la forma en que me miraba. En serio que al principio traté de no pensar en eso.

—Sé que estás pasando por algo muy difícil, Zach, así que quiero que sepas que estoy disponible para ti siempre que quieras hablar. Tengo un nuevo celular. Este el número.

Y me puso en la mano un pedazo de papel.

Esa noche recibí un correo electrónico de Mark.

Zach, qué tal. No sé cómo decirte esto sin sonar como el peor desgraciado del universo, pero todo eso de la página web… bueno, en parte es cierto. Mucho de eso es cierto, supongo. Pero, quiero decir, fue como… un proyecto que hicimos con apoyo del gobierno. Contamos nuestras historias, tratamos de poner caritas sonrientes en las partes difíciles.

Pero la paternidad cuando tienes esta edad es lo más duro del mundo.

Reacción

Sí, claro, todo el rollo del bebé y el parto es genial. Pero después te cae la realidad encima. ¿Crees que aguantar los ataques de los padres de tu novia es la peor parte? No es así. Lo peor de todo es perder tu libertad. No puedo creer todo lo que extraño muchas de las cosas tontas que hacía antes, como pasar el rato con mis amigos y ese tipo de cosas.

Entonces tuve que dejar de leer. Eso no era lo que quería escuchar. No en ese momento, no cuando ya me sentía bastante mal. Y la imagen de Kiley sonriéndome no dejaba de aparecer en mi cabeza. Tragué con fuerza.

Y después seguí leyendo.

Cuando empecé a recibir tus correos, pensé que era algo así como mi obligación animarte, pero ahora sé que estaba equivocado. Amigo, si puedes zafarte de esto, hazlo. El mundo no se

va a acabar por eso. Perdóname por decírtelo, pero bueno, es la verdad.
Tu amigo de Kiwilandia,
Mark

Esa noche me desperté empapado de sudor. ¿Por qué no es todo esto una pesadilla? ¿Por qué no desaparece en un instante? ¿Y por qué me está pasando a mí? A la mañana siguiente, sin embargo, ya había decidido que no iba a permitir que todo eso me afectara. Mark, quienquiera que fuera, era un imbécil. ¿Cómo podía pavonearse de lo maravilloso que era ser padre en una página web y después en sus cartas, cuando en realidad en el fondo no le gustaba? Que se fuera al diablo. Yo tenía que apoyar a Ashley. Se lo había prometido.

En casa el desayuno era en general muy rápido, con mamá, papá y yo quemando las tostadas, derramando el café y sin hablar demasiado. Pero mis papás se dieron cuenta de que me pasaba algo.

—Zach —me dijo mamá—, sé que todo esto ha sido muy duro para ti, pero la verdad es que estoy bastante orgullosa por cómo estás manejando las cosas.

—La mayoría de los chicos de tu edad —agregó papá— no estarían dispuestos a hacer lo que tú estás tratando de hacer.

Tendría que haber sido una buena noticia: mis papás estaban tratando de apoyarme. Habían hecho todo lo posible por cambiar mi decisión, pero ahora ya la habían aceptado.

—Gracias —dije—. Me alegra mucho que digan eso.

—Avísanos si hay algo que podamos hacer —me dijo mi papá mientras me ponía la chaqueta y me preparaba para salir.

Solo denme una nueva vida, quería decirles. O si no, vuelvan el tiempo atrás para que yo nunca haya nacido.

Ese día, en la escuela, estaba con Kiley cuando vi llegar a Ashley. Me despedí de Kiley y acompañé a Ashley a su salón.

—Parece como si anduviera siempre cerca. ¿Qué es todo eso? —me preguntó Ashley.

—Solo es una amiga —le dije—. Y no tengo muchos amigos.

—Sí, pero es tu ex novia.

—Eso es historia. Ahora solo somos amigos. ¿Te sientes mejor hoy?

—Más o menos igual, pero ya me estoy acostumbrando.

—Ashley, ya estoy listo para aceptar esa cena de tu mamá.

—Lasaña, ¿verdad?

Llamó a su mamá con su celular y se lo dijo. Fue una conversación muy corta.

Reacción

—¿Y? —le pregunté.
—Está encantada.
—Sí, seguro.

Cuando les dije a mis padres que iba a cenar en casa de Ashley, me dijeron de nuevo que estaban orgullosos de mí. Me estaba convirtiendo en una especie de héroe. Y odiaba cada segundo.

Llegué puntual, como se supone que hacen siempre los héroes. Stephen me saludó en la puerta… bueno, la abrió y me miró con odio. Enseguida me di cuenta de que algo olía a quemado. El Sr. y la Sra. Walker estaban discutiendo en la cocina. Stephen simplemente se fue y yo me quedé ahí parado. Ashley bajó las escaleras con un aspecto más pálido de lo normal. Me dio un abrazo y me hizo un gesto hacia la cocina.

—A mamá se le quemó la lasaña.

Nos sentamos en el sofá y nos pusimos

a ver las noticias. Un rato después, los padres de Ashley salieron de la cocina.

—Un pequeño desastre —dijo su papá—, pero ya pedimos pizza a domicilio.

—Por mí la pizza está bien —dije, sonriendo.

La Sra. Walker parecía alterada y tenía la cara muy roja.

—Me alegra que hayas venido, Zach.

—Es agradable estar aquí —dije, muy cortés.

Quisiera poder decir que todo salió bien después de eso.

Pero no fue así.

La pizza tardó casi una hora en llegar. Y no era la que habían ordenado.

Estaba fría y tenía anchoas, que a nadie le gustaban. Creo que Stephen había estado fumando marihuana en su cuarto, porque cuando bajó a cenar actuaba un poco raro. No me dijo nada;

solo me lanzó algunas miradas que paralizarían a cualquiera.

La Sra. Walker trató de contar historias graciosas de cuando Ashley era niña, pero Ashley se la pasó pidiéndole que parara.

—Esta es la peor pizza que he comido —anunció sin más el Sr. Walker mientras comíamos—. Voy a llamar para quejarme.

Parecía que lo suyo era estar siempre alterado.

—No lo hagas —le dijo la Sra. Walker y después me habló a mí—. Lamento lo de la comida, Zach.

Me encogí de hombros.

—No hay problema.

—No tienes que disculparte con él —le dijo el Sr. Walker a su esposa.

Stephen se rio y soltó un bufido.

Yo traté muchas veces de hacer conversación sobre la escuela y sobre deportes, pero no iba a ningún lado. Parecía que, dijera lo que dijera, el Sr. Walker siempre tenía algo negativo para comentar. Muy pronto me di cuenta de que había sido un error ir a cenar y tratar de ser amable con la familia de Ashley.

Después de unos cinco minutos de un completo silencio, me descubrí diciendo:

—¿Por qué no dejamos de andar por las ramas y simplemente hablamos del bebé?

No pretendía que sonara hostil. Pensé que sería bueno poner las cartas sobre la mesa. Pero sonó muy mal.

El Sr. Walker alzó la mirada de su plato.

—Buen punto, Zach. Sí, vamos a hacer eso. ¿Por qué no empiezas tú?

La Sra. Walker sacudió la cabeza. Ashley se puso más pálida que nunca. Yo no sabía por dónde comenzar.

Supongo que mi silencio fue otro error, porque Stephen se puso de pie.

Reacción

—Sí, ¿por qué no dejamos de andar por las ramas? —dijo y después se inclinó y me dio un empujón con las dos manos.

—Siéntate —le ordenó su padre.

Yo estaba tratando de mantener la calma. Me empecé a levantar lentamente. Pensé que lo mejor era irme. Ashley me tomó de la mano, pero yo me aparté.

—No, creo que es mejor que me vaya.

—Lo lamento mucho —dijo de nuevo la Sra. Walker.

—Mamá, no te tienes que disculpar —le dijo Stephen.

Yo no podía creer lo que estaba pasando. Lo único que quería era irme cuanto antes.

Pero no llegué hasta la puerta.

—Ya era hora de sacar la basura —dijo Stephen, y después me empujó con fuerza por la espalda y me estampé contra la pared.

Reaccioné sin siquiera pensar. Me di la vuelta y le di un empujón. Lo empujé tan fuerte que se cayó de espaldas sobre una mesa, tirando algunas fotos enmarcadas, y después se cayó al suelo. Con fuerza. No me quedé a ver qué pasaba después. Salí de la casa y me sumergí en el frío de la noche a toda velocidad.

Capítulo trece

Ashley no quiso hablar conmigo al día siguiente en la escuela. Yo no podía creer que las cosas hubieran empeorado tanto. La esperé afuera de varias de sus clases, pero se negaba incluso a mirarme. Necesitaba hablar con ella. Yo pensaba que se tenía que haber dado cuenta de que nada de lo que había pasado había sido mi culpa, pero lo único que dijo fue: "Déjame en paz de una vez. ¿No te parece que ya hiciste suficiente?".

Me sentí muy mal. De verdad.

Vi a Stephen en el pasillo y noté que tenía un gran moretón en la cara. Pensé en tratar de disculparme, pero sabía que era inútil. Y además me imaginaba que intentaría golpearme, lo que empeoraría las cosas. Realmente no quería que eso pasara ni tampoco llamar más la atención.

Fue uno de mis peores días en la escuela. No me podía concentrar ni tampoco se me ocurría cómo arreglar las cosas. Después de clases me subí al autobús, me senté en el asiento de atrás y me puse a pensar en el horrible futuro que me esperaba, hasta que Kiley se sentó a mi lado.

—No te ves muy bien —me dijo.

Reacción

Le conté lo que había sucedido.

Al principio no dijo nada.

—Tal vez así es como deben ser las cosas —dijo finalmente. Supe a qué se refería.

—No sé qué es lo que pasa —le dije—. He estado tratando de hacer lo correcto.

—Tal vez es un error. Sé que tienes buenas intenciones, pero parece que no está funcionando.

Sabía que había algo detrás de lo que me estaba diciendo Kiley. Lo podía ver en su expresión. Me estaba mirando como cuando acabábamos de empezar a andar juntos. Fuimos novios por casi un año, hasta que yo lo arruiné todo. Después de eso llegó Ashley, y el resto, como dicen, es historia.

Pero tal vez Kiley tenía razón. Tal vez Mark tenía razón. Y mis padres. Y los padres de Ashley. Tal vez todos podían ver las cosas claras, menos yo.

Cuando Kiley estaba a punto de bajar del autobús, me dijo:

—Llámame si necesitas hablar con alguien. Yo estaré aquí para apoyarte.

Cuando llegué a casa, los autos de mamá y papá estaban estacionados. Eso era raro. Los dos tendrían que haber estado en el trabajo. Supe que estaba pasando algo. Pero jamás me hubiera imaginado lo que vendría después.

Entré a la cocina y vi que mi padre estaba leyendo unos papeles. Alzó la mirada.

—¿Qué pasó anoche, Zach?

Me miré los zapatos.

—El hermano de Ashley y yo tuvimos un pequeño problema.

—¿Tal vez no fue tan pequeño? —me preguntó.

—¿Por qué?

Reacción

—Por esto —dijo, enseñándome los papeles que tenía en las manos—. Es una orden de restricción. Los Walker fueron a la policía y esto llegó hoy. Tienes prohibido todo contacto con Stephen y Ashley.

—Eso es una locura. No fue mi culpa. No pueden hacer eso.

Mi madre se me acercó entonces y me pasó un brazo por los hombros.

—Si hicieron algo tan extremo, quiere decir que esto es muy serio. Zach, creo que tienes que poner distancia. Creo que tienes que resignarte y dejar de luchar por esto.

—Es muy injusto.

Mi papá puso los papeles sobre la mesa.

—No creo que tengas alternativa, Zach. Creo que tienes que dejar que Ashley y sus padres decidan qué van a hacer. Cualquier cosa que intentes ahora solo va a empeorar las cosas.

—Y podrías meterte en problemas graves —agregó mamá, con la preocupación maternal estampada en la frente.

—Tal vez esto sea lo mejor —dijo papá. Eso era lo último que yo quería oír.

Capítulo catorce

Llamé a Ashley a su celular casi una docena de veces, pero no contestó. Sabía que era yo. Me daba cuenta de que hasta llamarla por teléfono era violar la orden de restricción, pero no me importaba. Lo que yo quería era hablar con ella y saber qué pensaba y cómo se sentía. Necesitaba saber qué estaba pasando.

Era casi medianoche cuando llamé a Kiley. Aunque la desperté, me escuchó y trató de tranquilizarme con palabras amables. Cuando colgamos me sumergí en un sueño intermitente.

En la mañana mis padres me dieron otro recordatorio de que tenía que dejar a Ashley en paz.

—No queremos que este asunto legal empeore, Zach. Tienes que alejarte de ella. No puedes hacer otra cosa.

Y eso hice. Me alejé.

No me subí al autobús en la esquina. Hacía un poco de frío y parecía que iba a llover, pero aun así caminé diez cuadras y después pedí aventón. Esta vez no fue tan fácil salir de la ciudad. Tuve que caminar bastante a un lado de la carretera y el hecho de que tantos conductores me ignoraran me hizo sentir cada vez peor. Un hombre en un viejo y destartalado Toyota me recogió al fin y me habló todo el camino de su horrible vida. Como sea me llevó bastante lejos, hasta la salida que yo quería, y después caminé hasta el río al que había ido antes. Cuando me senté, me sentía confundido y cansado. Nunca antes me había sentido tan solo. Pero al menos *estaba* solo. No había nadie ahí que me dijera qué pensar o qué hacer. Pensé en Ashley y no me sentí seguro de que nada valiera la pena. Siempre iba a ser así. Sus padres no iban a dejar de decirle qué hacer. Y sin importar cuánto me esforzara, a ellos siempre les molestaría mi presencia. Si pudieran, me borrarían del mapa.

Ashley y yo nos habíamos dicho que nos "amábamos", pero ahora yo estaba menos seguro aún de saber qué era el amor. Lo que más me confundía era cómo me sentía al estar cerca de Kiley. Kiley parecía mucho más madura que Ashley.

Me acordé de la vez anterior que había estado junto al río y recordé aquella otra opción: huir. Simplemente irme de aquí y dejarlo todo atrás. ¡Parecía una opción tan dulce!

Pero claro que no podía hacerles eso a mis padres.

Traté de concentrarme en el bebé que iba a tener Ashley, en cómo sería todo eso y en cómo sería yo como padre. Pero no me lo podía imaginar. No lograba formar esa imagen en mi cabeza.

Y entonces empezó a llover. Me resguardé bajo un saliente rocoso de la colina sobre la cascada y miré cómo caía la lluvia. Tenía frío, estaba mojado y solo. Después de unas dos horas, sentí como si me estuviera volviendo loco. Tenía una gran tentación de llamar a Kiley, pero no lo hice. Miré mi reloj y esperé hasta que Ashley estuviera en receso. Se suponía que había que apagar los celulares en la escuela, pero casi nadie lo hacía. Bloqueé mi número y la llamé.

Esta vez contestó.

—Por favor, no cuelgues —le dije, mirando el sombrío paisaje lluvioso a mi alrededor.

No dijo nada, pero no colgó.

—Solo quiero saber si todavía me quieres.

—Sí, Zach. Lo que pasa es que ahora todo es imposible.

—Tú sabes que no quería lastimar a tu hermano.

—Eso lo sé. Pero lo de nosotros simplemente no va a funcionar. Mis padres tienen razón. Tengo que admitirlo. Tú tienes que admitirlo.

—Sé que las cosas están muy mal, ¿pero tenían que meter a la policía en esto?

—¿Qué? —exclamó. Parecía realmente sorprendida.

—¿No lo sabías?

—¿Saber qué?

—Lo de la orden de restricción. Tengo prohibido verte o hablarte. Puedo meterme en graves problemas solo por llamarte por teléfono.

—Eso es una locura. ¿Mis papás hicieron eso?

—Sí, eso me temo.

Entonces hubo un silencio. Yo era consciente del sonido de la lluvia y de la cascada. Supongo que Ashley lo oyó también.

—Zach, ¿dónde estás?

—Tenía que alejarme un poco. Pedí aventón hasta un lugar en las montañas. No soportaba ir a la escuela.

—¿Estás bien?

—Supongo. Esto de verdad es de locos.

—Tenemos que hablar —dijo—. En algún lugar donde nadie nos vea.

—Pediré aventón hasta allá. Si salgo ahora, tal vez llegue después de clases.

Nos vemos en la librería que está en South Park Street, la que tiene un café. Creo que se llama Off the Page. ¿Sabes dónde es?

—Sí, ahí estaré.

La lluvia amainó, pero tuve que caminar mucho antes de conseguir el primer aventón. Tardé más de lo que esperaba en regresar. Tal vez mi carrera pidiendo aventones había terminado. Ashley llevaba más de una hora esperándome en la librería, pero no se había rendido.

Cuando entré, corrió hacia mí y me dio un abrazo.

Me di cuenta de que estaba tan asustada como yo. Hablamos por un largo rato. Y entonces me dijo que ya era hora de que fuéramos a hablar con sus padres.

Capítulo quince

Tomamos el autobús. Cuando ya estábamos cerca, empecé a perder el valor. Tenía frío, estaba cansado y un poco tembloroso.

—He pensado muchísimo en el embarazo y en el bebé —me confesó Ashley—, pero a cada momento me siento más confundida. No estoy lista para esto.

—Creo que yo tampoco —admití—, pero los dos decidimos que vas a tener al bebé, ¿verdad?

—Eso no lo quiero cambiar. Todavía pienso que es lo mejor. Pero no estoy segura de nosotros.

—¿Qué quieres decir?

—No estoy segura de que podamos ser padres.

—Yo también he pensado mucho en eso. Algunos días me siento muy seguro de que sí podemos, pero otras me asusto de verdad.

Ashley vio la duda en mi rostro. En ese momento parecía la más fuerte de los dos, la más madura.

—¿Qué les vamos a decir a tus papás? —le pregunté.

—No lo sé —contestó y de repente deseé que no tuviéramos que ir a verlos.

Llegamos a su vecindario demasiado pronto y el autobús se detuvo. Nos bajamos y caminamos hasta su puerta.

Al entrar, la casa estaba en silencio. Nos sentamos en la sala y la mamá de Ashley entró primero. Me miró a mí y después a Ashley.

—Él no debería estar aquí —dijo.

—Mamá, no tenían derecho de involucrar a la policía. No fue la culpa de Zach. Stephen lo empujó primero.

La mamá de Ashley sacudió la cabeza.

—Fue idea de tu padre. No debí haberlo aceptado.

—¿Ya está en casa? —preguntó Ashley.

—Va a llegar en cualquier momento —dijo la Sra. Walker—. No estoy segura de que sea una buena idea que estés aquí —agregó mirándome.

Me encogí de hombros y miré a Ashley.

—¿Quieres que me vaya?

—No —respondió muy enfática.

Después de unos minutos muy incómodos, escuchamos el motor del auto y enseguida los pasos del Sr. Walker. Se abrió la puerta y él entró.

Nos miró a los dos con furia y, sin decir ni una palabra, se dirigió hacia el teléfono y lo tomó, pero su esposa se acercó a él e hizo que lo colgara de nuevo.

Se quedó de pie, tratando de contenerse.

—¿Qué estás haciendo aquí? —me preguntó.

—No sé —le dije—. Solo sé que tenemos que resolver esto.

—Fue mi idea —dijo Ashley—. ¿Por qué no me dijiste nada de la orden de restricción?

Él no contestó.

—Tienes que llamar a la policía y decirles que cometiste un error —le exigió Ashley.

—No voy a hacer eso.

—He estado pensando cómo estás controlando mi vida y no creo que sea justo.

—Eres demasiado joven como para saber lo que es justo —espetó él—. Y tampoco sabes qué es lo mejor para ti.

—Necesito tener la oportunidad de descubrirlo sola.

—¿Y cómo vas a hacer eso?

Nunca antes había visto a Ashley comportándose tan firme con sus padres, pero también se veía muy nerviosa.

—Creo que Zach y yo necesitamos irnos juntos de viaje por un tiempo.

Eso no era en absoluto lo que yo pensaba que iba a decir.

Su padre parecía a punto de estallar, pero no dijo nada.

—No queremos que hagas eso —le dijo su madre—. Te queremos aquí.

Yo sabía lo que estaba pensando Ashley. Yo ya había tenido la misma idea y de hecho habíamos hablado de eso.

Siempre había sido una opción. Escapar juntos. Pero sería un error.

—No, Ashley —le dije en voz baja—. No vamos a huir juntos. No vamos a hacer eso. Ya he hecho escapes de práctica. No es lo que hay que hacer.

—¿Entonces qué es lo que hay que hacer? —exigió su padre.

Miré a Ashley y pensé en todas las conversaciones que habíamos tenido acerca del embarazo y del bebé. Sabía lo que necesitábamos. Necesitábamos más tiempo.

—Miren, creo que todos ustedes tienen que hacerse a un lado y dejarnos pensar esto a fondo —dije, mirando al Sr. Walker a los ojos—. No tengo que caerle bien, pero creo que tal vez tendría que acostumbrarse a tenerme cerca. Quiero estar aquí para apoyar a Ashley, a menos que ella me diga que me vaya. También quiero estar aquí para el bebé, a pesar de que no tengo idea de si seré capaz de ayudar como se debe.

—¿Han seguido considerando la idea de dar al bebé en adopción cuando nazca? —preguntó la Sra. Walker.

—Lo hemos pensado como una posibilidad —contestó Ashley.

—No creo que sea lo que yo quiero —dije—, pero no lo he descartado. Solo sé que en este caso no hay respuestas fáciles.

El Sr. Walker me miró de otra manera. La hostilidad había disminuido. Era casi como si me estuviera mirando por primera vez, como Zach, y no solo como el chico que había embarazado a su hija.

—Bueno, sin duda en eso tienes razón —dijo.

Y así es como lo dejamos. Le di un abrazo a Ashley y me fui a casa. Todavía estaba muy desconcertado y no sabía qué vendría después. No sabía cómo íbamos a enfrentar las dificultades o a tomar la decisión correcta. Lo único que sabía es que por ahora habíamos recuperado un cierto control. Nos esperaban muchos problemas y decisiones difíciles y yo sabía que nunca estaría realmente preparado para lo que guardaba el futuro, pero por el momento habíamos tomado otra vez las riendas de nuestras vidas. Pronto habría un bebé y tendríamos que descubrir qué sería lo mejor para él.

Tal vez Ashley y yo podríamos quedarnos juntos al final. No iba a ser fácil. De ahora en adelante nada sería fácil. Pero hay algo que yo sabía sin dudas. Yo estaría ahí para apoyarla cuando naciera el bebé y después. Haríamos esto juntos.

Títulos en la serie
orca soundings en español

**A punta de cuchillo
(Knifepoint)**
Alex Van Tol

**A reventar
(Stuffed)**
Eric Walters

**A toda velocidad
(Overdrive)**
Eric Walters

**Al límite
(Grind)**
Eric Walters

**El blanco
(Bull's Eye)**
Sarah N. Harvey

**De nadie más
(Saving Grace)**
Darlene Ryan

**Desolación
(Outback)**
Robin Stevenson

**El qué dirán
(Sticks and Stones)**
Beth Goobie

**En el bosque
(In the Woods)**
Robin Stevenson

**La guerra de las bandas
(Battle of the Bands)**
K.L. Denman

**Identificación
(I.D.)**
Vicki Grant

**Ni un día más
(Kicked Out)**
Beth Goobie

**No te vayas
(Comeback)**
Vicki Grant

**La otra vida de Caz
(My Time as Caz Hazard)**
Tanya Lloyd Kyi

**Los Pandemónium
(Thunderbowl)**
Lesley Choyce

**El plan de Zee
(Zee's Way)**
Kristin Butcher

Reacción
(Reaction)
Lesley Choyce

El regreso
(Back)
Norah McClintock

Respira
(Breathless)
Pam Withers

Revelación
(Exposure)
Patricia Murdoch

El soplón
(Snitch)
Norah McClintock

La tormenta
(Death Wind)
William Bell

Un trabajo sin futuro
(Dead-End Job)
Vicki Grant

La verdad
(Truth)
Tanya Lloyd Kyi